La vida es cuento

Relatos cuánticos para viajar alrededor de uno mismo

Jesús Linares
2020

La vida es cuento

Relatos cuánticos para viajar alrededor de uno mismo

Dedicatorias

2020

A la pequeña Isabel. ¡Bienvenida a la vida! Verás que es un maravilloso laberinto por explorar. Espero que cuando crezcas, este libro te enseñe que no importa la distancia recorrida. Lo que cuenta es como el laberinto te conecta al resto de jugadores. Ten presente que la salida está siempre dentro de ti.

A mis Inmas

2011

A México, país que me enseñó a respetar la vida, a aceptar la muerte, a temblar con los huracanes, a sentir el volcán de la historia bajo mis pies, a bailar con el entusiasmo por vivir, a llorar con la tragedia de lo irremisible, a levantar puentes con un millón de manos, a recorrer territorios inexplorados, a sangrar con los alfileres de la vida, a sanar con los de la comprensión, a perder la mirada en naturalezas inquietas, a hundir mis raíces en la carne abierta de la historia.

En definitiva por enseñarme a vivir o mejor, que la vida es cuento, cuento es la vida.

Manual de uso

¡Alto! Si vas a seguir adelante piénsalo bien. Vas a adentrarte en terrenos pantanosos, en arenas movedizas. Ya nada volverá a ser lo mismo. Te deslizarás por recovecos ocultos de mi mente que igual acaban en algún rincón de la tuya. Encontrarás que existen raíces que nos comunican bajo la tierra.

Este libro es un laberinto, un collage, un caleidoscopio de letras. Léelo con tranquilidad pues basta un pequeño movimiento circular de muñecas para que sus piezas vuelvan a reconfigurarse. No sabrás si sus cuentos son imágenes o reflejos, palabras o cristales. Haz la prueba, si lo lees dos veces te dirá cosas distintas.

Este libro es una trampa llena de dualidades. En ella se confrontarán el hemisferio izquierdo de tu cerebro contra el derecho, el hemisferio americano contra el europeo, la dualidad onda-partícula, y la más importante, la que enfrenta al corazón con la razón. ¡No intentes tomar partido!

Es un puzzle que no podrás unir hasta el final. Para ello no intentes usar tu sentido común. Este solo gobierna el pequeño segmento de realidad que hemos dado en llamar "lo cotidiano". Fuera de él campan océanos cósmicos de fluctuaciones crepitantes sometidos al imperio de la ley cuántica. Accederás a través de este libro a la estructura íntima de la realidad, donde el sentido común simplemente se desintegra. Lo siento, pero insisto. Tu sentido común no te servirá de mucho para guiarte en este laberinto de cuentos cuánticos. De hecho, cuando entras en el Departamento de Física de la Universidad de Cambridge, el de Newton y Hawking, hay un cartel en la puerta que sirve como aviso a navegantes, también a los de este libro. Si vas a pasar ten cuidado …, la cuántica ¡puede abrir tu mente!

Jesús Linares 2020

Prólogo

Con este libro de relatos titulado *"La vida es cuento"* Jesús Linares debuta en el mundo de la narrativa con un estilo novedoso y peculiar, en el que funde de manera sorprendente entre sí los tres pilares sobre los que se asienta el libro.

En primer lugar el autor funde la estética modernista que le lleva a combinar prosa y poesía con la teoría cuántica que ha investigado durante 20 años de su vida. La mecánica cuántica trata de explicar fenómenos incomprensibles que habitan en la naturaleza, lo que a mi entender le iguala a la literatura, pues esta consiste en el intento desesperado de explicar, a través de la ficción, el mundo que nos rodea. Jesús Linares hace confabular a la física cuántica para elevar a la enésima potencia el realismo mágico latinoamericano del que se impregnó durante su estancia en México. Tanto es así que en mi opinión inaugura un nuevo género: el modernismo cuántico. En él se fusionan la cuántica con la literatura de ficción usando como crisol el lenguaje de la prosa poética, almas gemelas a mi parecer de las primeras.

En segundo lugar, en "La vida es cuento" el formato ágil de los relatos breves se pone al servicio de la literatura de viajes. El libro nos invita a hacer un extenso recorrido a través de los relatos que lo componen, partiendo de México hasta llegar a Ámsterdam. El libro está escrito durante 10 años en 6 países diferentes: México, Estados Unidos, Holanda, Suiza, Francia y España. Los relatos describen ciudades donde Jesús nos narra el amor que siente por ellas y por los escritores que las habitan o habitaron. Ciudades animadas que nos recuerdan a Ítalo Calvino; cuentos breves mexicanos que nos muestran otras "Blancanieves", otros

"Déjàvu"; o ese homenaje tan sentido a Federico García Lorca. Los "Cuentos cuánticos" nos harán viajar a ciudades en universos paralelos habitados por "Matriuskas" de una realidad que se despliega sobre sí misma en donde las probabilidades de convertirse en ficción son de 99 a 1.

En tercer y último lugar, el autor construye un último plano donde la literatura de viajes antes descrita se funde con la literatura inspiracional o de autoayuda. Después de recorrer medio mundo el autor nos descubre, como anticipa en el subtítulo, que esta excursión equivale a "viajar alrededor de uno mismo". La escalera en espiral de la portada, signo de introspección, equivale al más veloz avión supersónico en la tarea de transportarnos a donde "somos". El lector debe estar atento, pues es en una nota de pie de página donde nos dará una de las claves del libro que nos permitirá cerrar el tercer círculo.

En definitiva "La vida es cuento", título de evocación calderoniana, es como refleja el autor, *"un espejo donde podemos decidir cómo ver la vida, esta inmensa broma a la que hemos dado en llamar destino"*; un libro que como un gran microscopio nos quiere mostrar la vida *"donde el alma oculta de las cosas trata de hacerse presente…"* y revelar su naturaleza cuántica.

No voy a desbrozar en esta breve nota el jardín que a continuación este autor novel nos invita a visitar, donde hallaremos *"las raíces que nos comunican bajo tierra"*. Mejor que seas tú lector el que se adentre en él para descubrirlo. Ahora bien, quien avisa no es traidor: como advierte el autor, *"¡ten cuidado, la cuántica puede abrir tu mente!"*

Salvador Moreno Valencia
Escritor.

Bloque I. Hemisferio Americano

11

Cuentos Breves Mexicanos

Blancanieves

El príncipe azul no tardó en divorciarse de Blancanieves. Harto de perdices y de la enervante compañía de aquel regimiento de enanos, no tuvo el humor ni la paciencia suficientes para entregar su futuro a la corrección académica de los finales de los cuentos de hadas. Arropado por su linaje y animado por una borrachera, no tardó en dirigir su mirada de oveja hacia otras lobas de una costa tan azul como su sangre y tan voraz como su apetito.

A partir de entonces la vida no fue fácil para una Blancanieves ya marchita de oportunidades cuyas arrugas incipientes la martirizaban como un picador a un toro altivo, aunque ya por poco tiempo. Las pastillas comenzaron por reemplazar a los enanos que cambiaron sus canciones por terapias de grupo. La botella de tequila sustituyó al espejo taciturno, cansado de enfrentar la amistad a las realidades. La bebida enterró su esperanza… ya nadie la salvaría de esta nueva manzana. Una mañana gris, en un momento de lucidez, logró recordar su verdadero nombre. En ese preciso instante, Eva se estremeció al pensar que quizá fuera ella misma la perdición de todos sus hombres.

Morelia, 5 de Octubre del 2002

La Rueda

Tras 50 años cambiando ruedas en aquella vulcanizadora de mala muerte, aquel mecánico rollizo había desarrollado una destreza cercana a lo sobrenatural. Maestro en el arte de la anticipación era capaz de arreglar cualquier llanta ponchada en menos tiempo del que tardaba el cliente en preguntar. Al igual que los animales domésticos acaban pareciéndose a sus dueños, en él se había producido una mímesis que hacía muy difícil distinguir al domador de sus leones en aquel festival de simbiosis. De hecho su piel conservaba ya de forma permanente el tiznado característico de las llantas y su estatura se había truncado hacía tiempo para conseguir una cuadratura simétrica. Hasta en su calva taciturna se acertaban a distinguir relieves de huellas de neumáticos, que le afloraban pulsantes en los tensos momentos de máxima concentración.

Aquella mañana el mecánico sintió haber llegado al momento culmen de su mundo redondo. Sobre la calle un semáforo indeciso detuvo a su lado a un impresionante carro deportivo. Al frenar, las llantas le sonaron como una sinfonía de clarinetes, agudos y desafiantes. El mundo no parecía el mismo reflejado sobre la cera brillante de su chapa ardiente. En un instante de éxtasis sintió su corazón bombear más presión contra sus venas. Haciendo un alarde de evolución adaptativa el mecánico fue más rápido que la vista. Agachado contra el coche giró rápidamente los pernos, soltó la llanta con sus manos y se instaló él mismo en el eje, mientras su cuerpo terminó de adoptar la circularidad completa de su destino. El carro arrancó y el mecánico recorrió mundo. Viajó durante miles de kilómetros por paisajes nunca soñados. Conoció todo tipo de caminos. Conservó su adherencia todo lo que pudo y cuando al final, el coche volvió al taller para checar ruedas, a él no le importó ceder su puesto a una llanta tan nítida y brillante como inexperta. Un mecánico neófito lo cambió y lo tiró en el vertedero. Él estaba tranquilo. Cerró los ojos y soñó. Soñó con el cielo alfombrado de autopistas de los carros que han circulado su destino.

Morelia 20 de Julio del 2002

Historia repetida

El director del psiquiátrico miró impacientemente su reloj cuando conducían al último paciente para ser revisado ante el tribunal médico. La mañana había estado cargada y ahora llegaría tarde a su partida de golf.

–Paciente 342. Psicótico peligroso. Detenido cuando la emprendió a latigazos en la Catedral. Con antecedentes similares en la Cámara de Comercio. La policía lo tiene fichado como agitador político. Tiene un grupo de seguidores menos leales de lo que él piensa… afortunadamente. Su mano derecha lo entregó a la policía (parece ser que no hizo falta sobornarlo demasiado) La aventura acabó en desastre; sus seguidores se desmoronaron tras el primer interrogatorio. La verdad es que no es de extrañar, reclutaba entre gentuza de mala calaña, revoltosos y prostitutas. El juez nos ha pasado la pelota a nosotros.

Una de las doctoras del tribunal, para contener un bostezo incipiente, preguntó aburrida:

–¿Discurso programático?

–Nada nuevo –contestó el oficial, guardando las páginas del expediente en una carpeta vieja manchada de café.

–La misma historia globalifóbica de siempre. El fin del mundo, discursos en contra del neoliberalismo y el maldito imperio del capital. Llamadas a la resistencia contra el sistema y el poder constituido. No dejaría de ser un mero juego de adolescentes greñudos a lo Che Guevara, sino fuera porque el tipo se lo ha tomado a pecho y va de líder mesiánico.

Esta última palabra despertó a los doctores que levantaron al unísono sus cejas por encima de sus gafas. Esto terminó de impacientar al doctor jefe del tribunal que no paraba de mirar a su reloj. En este momento el secretario se inclinó sobre él susurrándole al oído:

—Señor, recuerde que el gobernador fue explícito. El momento político que estamos atravesando requiere castigos ejemplares. Un gobernador en campaña es siempre un gobernador generoso.

Tras una pausa densa, con una mueca mal disimulada, añadió irónicamente, saboreando cada una de sus palabras.

—Demos paz a esta humilde oveja descarriada.

El doctor clavó sus ojos en el reo, levantó su cabeza, y lentamente sentenció:

—Lobotomía, caso cerrado.

El paciente volvió su cabeza hacia la exigua luz de la pequeña ventana que iluminaba tímidamente la sala y suspiró:

—Elí, Elí, ¿por qué me has abandonado?

En ese momento el velo de la sala se rasgó en dos, cansado de la ceguera de una humanidad marmota acostumbrada a repetir sus mismos errores en el transcurso aletargante de los siglos.

Déjàvu

Cuando el mundo quedó arrasado por la hecatombe nuclear los mares se desbordaron tras un deshielo glaciar que quedó sellado por lluvias ácidas y un desconcierto básico que no tardó en sepultar en vida a los últimos y perplejos supervivientes de una raza hegemónica que no mereció serlo. Solo Moisés, el último joven de la última aldea perdida, reunió las fuerzas suficientes para gritar contra la sordera divina. Siendo su único alimento la esperanza insensata de encontrar a Dios para despertarlo de su irresponsable siesta, emprendió un camino sin retorno en busca del aliento supremo. Quería preguntarle cómo pudo dibujar a una raza capaz de salirse de su lienzo para manchar el propio cuadro cósmico de la creación. Capaz de destrozarlo en claro desafío a su creador. Capaz de comer como cerdos del árbol de la ciencia del bien y del mal, hasta el extremo de aniquilar toda su obra bajo su propio orgullo y lanzar una bomba nuclear sobre el mismísimo jardín del edén ¡Cómo puedes no escuchar las carcajadas sarcásticas del hombre resonando en cada rincón del universo, levantando la mano en contra del padre que le dio la vida!

En estas disquisiciones pasó cuarenta días y cuarenta noches. Después, cuando ya le parecía que no había andado más que un caracol dentro de su concha, levantó la mirada y descubrió una montaña, y en la montaña una gruta, y en la gruta una zarza ardiendo. Fue hacia la zarza pero ya estaba apagada. En su lugar había un espejo. Moisés se miró en el espejo. Vio un reflejo fugaz que le resultó familiar. Pronto se estremeció. La gruta era el mismo ombligo de un Dios dormido, un Dios que tenía su mismo rostro. Ahora empezó a recordar. Primero vagamente, y luego, poco a poco, el vacío de su memoria se fue llenando con una certeza absoluta. Sumido en un profundo desconcierto, Dios se cubrió la cabeza con sus brazos, cerró los ojos lentamente y expiró. De su último suspiro emanaron cientos de torbellinos de big-bangs y supernovas, nerviosos y expectantes por comenzar el nuevo juego de la vida.

Federico

Extraído del recital poético *"De la Vida y la Muerte: Federico García Lorca"* Morelia, México, 2001.

22

¿Por qué Federico?

Todos somos extraños y sin embargo ya hay algo de Federico en cada uno de nosotros. Podéis oír a Federico niño jugando con las nubes, con su cubo y su pala en la arena de nuestra infancia. Podéis sentir a Federico adolescente con su mirada fija, gavilán sonoro, desgarrando en azul la hipocresía de nuestras convenciones. Podéis intuir a Federico maduro, tras el agua clara del olivar sereno. Federico bandido, susurrando al oído de la luna gitana de su romancero.

Federico es negro en Nueva York, y mulato en Santiago. Federico es de madera. ¡Federico es teatro sobre el teatro del mundo! Es nuestro chivo expiatorio. Nuestro poeta asesinado en cada golpe de intolerancia, con cada hachazo de indiferencia con los que arrugamos a la Poesía.

¡Sálvanos, Federico! Devuélvenos la esperanza. Ofrécenos la manzana redonda de nuestra alegría. Muéstranos el camino de vuelta hacia nosotros mismos, donde podamos jugar como niños en la arena tranquila de la Poesía.

24

Muerte de un poeta

¿Quién mató a García Lorca

y escondió la luna bajo la arena?

¿Quién llenó de sangre

los libros de poemas?

¿Quién disparó sobre su frente inocente?

¡¡Un gatillo lleno de dedos espera

en la sombra asesina de la intolerancia!!

¡Un gatillo homicida, de acero azul

sobre las azucenas!

Defendeos poetas del mundo.

¡Defended a la poesía!

con las manos de los dientes,

con los surcos de las venas.

Arañad el papel ingrato

con las uñas de la historia

que ya no está Federico,

que no maten su memoria.

¡Que hay cuchillos de sangre

sobre las alas de las mariposas!

Defendedla, defendedla ¡Defendedla!

¡Defendedla con la paciencia!

pues es inmortal la Belleza

pero de barro los poetas…,

pues es inmortal la Poesía

pero mortales sus poemas.

Defendedla, defendedla ¡Defendedla!

¡Defendedla con la paciencia!

¡Sálvanos Federico!

El cielo es de ceniza.

–¡Han matado a Federico!

Los árboles son blancos.

–Ya no siento sus poemas.

Sobre las capas relucen

–¡¡Han matado a Federico!!

manchas de tinta y de cera.

Ya se ha muerto para siempre,

a las cinco de la tarde,

la guitarra de sus dedos,

la ternura de sus manos,

el piano de su pecho,

los ecos de sus romances...

La Luna vino a la fragua, Federico,

¡y te cortejó con su baile!

Gitanos de pelo fino

te buscan bajo el agua

y tras los cristales desnudos

solo descubren sus caras.

Las palmeras cortan la brisa

con el filo de su guadaña

y cuatro caballos antiguos

relinchan contra sus garras.

Un niño descalzo corre

sobre cristales y estacas.

¡Han matado a Federico!,

un ataúd es Granada,

un cementerio de cobre

sobre el filo de una navaja.

Los gitanos clavan las uñas

en la espalda de la tierra

para acuchillar tu corazón

y lavar con sangre su pena.

¡Han matado a Federico!

¡No me digáis que lo vea!

No quiero sentir su sangre

derramada sobre poemas.

Lloro sobre tus cenizas

¡Quiero arrancar las estrellas

y clavarlas en tu retrato!

Quisiera conquistar

la suave Alhambra de tu pelo

y devolverte tus siete corazones,

y cantarte

y regalarte Andalucía

para que tú la abraces

y la estreches

y la despiertes

con el cálido beso del día.

No te conoce el niño ni la tarde,

ni la pistola que selló tus labios

con el oscuro beso de la muerte.

No te conoce, ¡no!

pero yo te canto,

pues vives en tu poesía

y en el cielo de los gitanos

ríe Antonio el Camborio

mientras tocas el piano.

¡Sálvanos Federico!

Sálvanos de la Ignorancia,

de la prudencia comedida.

Sálvanos del olor a pólvora,

de las cortezas de los árboles

y del camino de herraduras.

¡Abre nuestra vida con tu gracia!

Levántanos un camino,

un camino de esperanza,

un mañana para todos

donde las tortugas bailen

su secreta danza.

¡Perdónanos con tu sonrisa!

pues ya los niños juegan al corro

de la Guardia Civil caminera

y de un Federico cualquiera

que con las manos llenas de poesía

canta a la Luna de Mayo

con el vientre lleno de perlas.

Milenio

Milenio naciente

sobre el desierto de nuestras dudas.

Un reloj de arena implacable

derramándose en nuestra espalda.

Y sin embargo hasta aquí hemos llegado

a lomos de nuestra esperanza,

perdidos bajo un mismo horizonte

en el océano voraz del porvenir.

Nunca te creímos posible

y ya eres historia.

Siempre te temimos, y ya eres aliado.

¡Cuánto te soñamos…!

y ya estamos bajo tus alas blancas.

Vimos tu cara Milenio

y en el primer alba de tu primer día

vislumbramos tu sonrisa.

¿Qué tramas Milenio?

¿Dispuesto a acompañar a la humanidad

por el espacio vacío?

¿A recorrer otros mil años

de búsquedas de nuevas órbitas?

¿Qué tramas Milenio?

¿Qué nos traerás en tus manos de tiempo?

La esperanza de la humanidad

descansa en tu regazo.

No podemos esperar, ¡Milenio!

Y sin embargo vimos tu cara

y una sonrisa desgajada

se adivinaba

en tu primera alborada.

Quizás quieras cerrarte

como un caracol

y devolver esta excursión

al mar de la nada

de donde salió.

O quizás quieras abrirte

y compartirnos

con universos perdidos

pero posibles;

con sueños inéditos

pero probables.

¿Qué tramarás Milenio bajo tu sonrisa cíclica?

Debajo del Olimpo

tus hijos te esperan.

Quizás te acojan con un beso en los labios

o como a una sorpresa de cumpleaños,

con la elegancia propia

de quién sabe llevar sus años

sobre las alas del tiempo.

¡Bienvenido seas, Milenio!

Kentucky, 01-01-2000

Chiclana

¡Manos que bailan con el viento de levante!

Tu mirada al mar,

como una flecha clavada

en el corazón del tiempo…

como si esperaras a alguien

que está a punto de llegar.

Y mientras

te bañas con la marea

en los océanos del tiempo.

Te ríes y te cimbreas,

coqueta y vanidosa,

entre los brazos del viento.

Tu cuerpo es de marismas,

tu alma es de volantes,

tu cintura es el estrecho

y tus caderas oleaje

¡sobre las costas del baile!

38

Dedicado a mi amiga de la infancia Sara Baras,
quien hace bailar a Federico en su sonrisa.

Bloque II. Hemisferio Europeo

Cuentos Cuánticos

Matriuskas

El tiempo es redondo. Una tira de papel que une las paredes del destino. Un cordón umbilical que nos suministra el ansiado suero de la vida. Yo no lo sabía ni entendía porque el **abuelo Víctor**, como único testamento, me había enviado una caja de cartón sellada al cumplir los 18 años. Recuerdo la gran expectación causada por la llegada de la caja y el silencio impenetrable que congeló la hasta entonces bullanguera fiesta de cumpleaños. El enigmático regalo llegó rodeado de un ambiente de misterio, cubierto del halo vaporoso que emanaba del hermético secretismo de mi abuelo. Yo no sabía si soplar la caja o abrir las velas cuando las miradas impacientes de mis amigos me empujaron hacia ella. La caja ejercía en ellos una atracción hipnótica, como la del insistente péndulo de prestidigitador de una barraca de feria. *"Pasen y vean, la función va a comenzar"*. En ese preciso momento, el silencio se hizo total e insoportable. Fue entonces cuando lo notamos. ¡Era un tic-tac! Sí, seguro. Un indeciso pero animoso tic-tac, tímido al principio pero que se hizo más y más patente, hasta inundar todo el espacio de la sala. Todos nos miramos y no pudimos contener un miedo irracional tras el inesperado mecanismo de relojería ¿Una bomba? No, no. El **abuelo Víctor** era un intelectual, un ser solitario y enigmático, siempre envuelto en sus viajes y en sus cábalas. Sus excentricidades lo habían condenado al ostracismo, a ser rechazado por todos los sectores sociales y a ser expulsado de numerosos institutos de investigación. Pero el abuelo sería incapaz de tan macabra broma. De repente, el tic-tac paró. La caja parecía estar viva, como una perdiz acurrucada en su terruño al paso de los cazadores. Sin pedirme permiso mis manos acudieron a acariciarla.

Lentamente fui desliando los lazos sedosos que la envolvían como a una dama en la noche. Mis dedos hurgaban tímidamente sus rincones más inhóspitos.

Entonces lo sentí: ¡madera! Dentro de la caja habitaba una misteriosa pieza de madera extrañamente suave al tacto. Mis amigos se apiñaron como un puño en torno a la mesa redonda, convirtiéndome en un recién proclamado **Rey Arturo** que acabara de sacar su espada del yunque. Elevé lentamente el **Santo Grial** hacia el cielo. Sin embargo, mis manos no mostraban el orgullo esperado por sostener este estandarte inesperado sino resignación: ¡toma de mí este cáliz!...

De repente me di cuenta de lo que era. Las había visto en un reportaje de La 2 sobre artesanía rusa. Era una **Matriuska**. Eso quería decir que probablemente albergaba en su interior su particular colección de réplicas "hermanas Dalton", copias a distinta escala de un modelo universal. Quedé absorto por un momento, maravillado por esta concepción elocuente del concepto de madre, contenida y continente, frontera de sí misma, construida por las mil madres que la precedieron y proyectada hacia las mil madres que la sucederán. Al volver en mí me sobrecogí. Mil ojos se clavaban en mí, pidiéndome a gritos que diera el siguiente paso: abrir en dos la primera madre para desvelar su contenido secreto. Respiré hondo, cerré los ojos y giré mis manos. De dentro apareció una nueva **Matriuska** bebé, entregándose a mi tacto como un fresco capullo de rosa abriéndose tiernamente al rocío de la mañana. Su fragancia me invadió el alma. Una sensación de serenidad y paz interior se apoderó de mí. Abrí lentamente los ojos. Estaba suspendido en el espacio. El planeta Marte flotaba sobre mi cabeza dándome la bienvenida a este extraño paisaje. El cielo aparecía salpicado de estrellas, de un fulgor tan intenso que parecía que hirieran al mismísimo espacio-tiempo. Me sentía arrullado por la música de las esferas, con ese ritmo lento y pausado que dormita en el interior de los planetas.

Antes de que todo ello pudiera adquirir algún sentido para mí cerré de nuevo mis ojos y procedí a repetir la operación: mis dedos se deslizaron ágilmente sobre la cintura estrecha de la nueva **Matriuska**, abriéndola en dos tras un giro certero. Cuando abrí de nuevo los ojos todo había cambiado. Estaba en una selva tropical, dentro de un hormiguero. La **Matriuska** era ahora un **tótem** gigante. Ella misma parecía ser la columna vertebral del hormiguero. Un estruendoso ruido de tam-tam sembraba el nerviosismo de los insectos ¡Iba a ser comido por aquel gigantesco y mancomunado ser! A no ser que… Apreté fuertemente los ojos e intente abrir sin éxito la cintura de la **Matriuska**. Las hormigas ya formaban un mosaico letal sobre mi espalda. Intenté un último esfuerzo y…

Pude sentir aquella luz antes de abrir los ojos. Una paz absoluta inundó el espacio. Levanté suavemente los párpados hasta dar dos vueltas completas alrededor de mis ojos. No conseguí ver mi cuerpo, no obstante, la presencia de una nube de probabilidad me hizo comprender que estaba en el reino de la mecánica cuántica. No tenía un estado definido, pero noté que podía *teletransportarme* a voluntad. En este preciso momento sentí a un electrón avanzar hacia mí. Giraba como un balón de baloncesto. Pensé en colapsarlo provocando una transición cuántica pero me di cuenta que solo podría hacerlo si me entregaba en cuerpo y alma a una sintonía muy especial; a una música cósmica que estaba presente en todas y cada una de las expectaciones cuánticas. Empecé a sentir esa música fluir hacia mi interior cuando comprendí que la interacción con el electrón me iba a dividir en mil fragmentos, cada uno de ellos acoplado a una realidad distinta del universo en un estado entrelazado del que ya no me podría escapar jamás. Cerré de nuevo los ojos ante la colisión inminente. En ese instante me di cuenta que el electrón que se aproximaba era la mismísima **Matriuska**. Al chocar contra mí se abrió en dos, transportándome a un nuevo nivel de realidad.

Al abrir los ojos me sentí aliviado. Estaba de nuevo de regreso en mi fiesta de cumpleaños. No obstante el cuarto estaba vacío y había algo muy raro en el ambiente. De repente escuché su silbido delatador. Era **Uroboros,** la serpiente mitológica griega que se come a sí misma y que simboliza el mito de la creación continua. Yacía sobre la mesa como un inesperado roscón de reyes. La cabeza de **Uroboros** engullía su cola regenerándose al mismo tiempo, en una danza continua de canibalismo cósmico. Entonces lo comprendí. Comprendí que ninguna **Matriuska** tiene sentido sin todas las demás. Que todas las posibilidades del universo son igual de probables y por tanto poseen la misma realidad que unas a otras se niegan. Que probablemente tú y yo seríamos alguna **Matriuska** encajada en algún momento preciso y precioso del engranaje cósmico. Un engranaje sin principio ni final y por tanto, sin dirección ni sentido. En ese momento volví a mirar a la mesa. **Uroboros** se había tragado a las **Matriuskas** y ahora comenzaba a engullirme por los pies. Me estremecí al descubrir en ese momento que **Uroboros** era un espejo. Un espejo que me devoraba y me sometía, adhiriéndose a mi piel como una camisa de fuerza. Un espejo que me envolvía como una pitón sobre su presa y se contraía rápidamente implosionando hasta convertirse en un agujero negro, promesa incumplida de una nueva **Matriuska.**

Dedicado a mi amigo Alfredo Herrera.
Chiclana, 10 Noviembre 2003

Hospital

No estoy loco. Paredes blancas. Un enjambre de enfermeras, ordenanzas, celadores, y auxiliares revoloteaban como abejas en un panal corriendo detrás de mi camilla, sin que mis cambios bruscos de dirección pudieran esquivarlos. Probé incluso a frenar repentinamente intentando engañarlos, pero su obstinación era más rápida que mi aliento y su perseverancia más rápida que mi vista. En ese momento vi su cara. Podía sentirla a través de la mascarilla verde que cubría su rostro de capo en la sombra. Podía intuir su sonrisa agria y complacida. No era como la de una musulmana tímida escondida tras su velo protector, agradecida a la ley igualitaria del rebaño. No, la nube zumbante que me rodeaba era un rebaño, pero de ovejas con piel de lobo. Una chispa en la mirada del doctor me hizo comprender. Yo era un juguete para ellos, un mero conejillo de indias del que disfrutar con sus nuevos bisturíes y escarpelos, una miniatura de Frankestein con quién seguir investigando un paso más allá, con quién seguir jugando a ser pequeños dioses o quizás, a los mecánicos de su taller de reparación.

¡Pero no! No podía permitirlo. Todavía me quedaba un último aliento. Concentré todas mis fuerzas en un intento desesperado por encender mi dignidad. El doctor me dio una bofetada. Baje la cabeza y lloré. Ya no podía luchar contra mi fatídico destino. Sería una probeta más del laboratorio. En ese momento empecé a notarlo. Al principio empezó como un lejano zumbido. Poco a poco el tono fue creciendo hasta convertirse en un rumor insoportable. De repente todas las personas salieron despedidas contra la pared, como arrastradas violentamente por un hilo invisible que estuviera ensartado en su espalda. Aplastados sus cuerpos contra las paredes blancas empezaron a vibrar y contonearse, girando convulsivamente sobre su ombligo como manecillas de un reloj alocado, como la ruleta implacable de un descontrolado juego de feria. Se agitaban en un intento desesperado por librarse de aquella fuerza misteriosa que los mantenían suspendidos sobre las paredes, aunque sus estertores no lograban arrancarlos de esta cárcel bidimensional. Una pared convertida en paredón. Estaban pegados como ventosas repartidos por las paredes blancas y el techo, como estrellas en una constelación orbitando alrededor de mi camilla cósmica. Alcé la cabeza y apreté los labios. En ese momento todos los cuerpos del personal horrorizado de aquel hospital maldito comenzaron a desplazarse como marionetas sobre las paredes. Parecían arrastrados por violentos imanes gigantescos que estuvieran moviéndose al otro lado de la pared.

–¡Se les ha pagado con su propia moneda! –pensé.

De repente escuché una risa infantil tan sonora y divertida que inundaba el universo. En ese momento comprendí. Quizás aprendan ahora estos cazadores cazados lo que se siente al pasar a ser ellos mismos los juguetes del dios niño que han querido imitar.

Collage

Siempre quise ser astronauta. Pasó de ser un juego de niños a una persistente obsesión. Creo que me hice astronauta a fuerza de repetirlo. Era como si tuviese una cita con las estrellas, como si el sentido de mi vida fuera solo el de estar flotando en el vacío, en un eterno aquí-ahora que disuelve al espacio y al tiempo.

Siento que toda mi vida ha pasado en un minuto: mi caballito de madera balanceándose como si quisiera liberarse de sus trabas semicirculares, la escalera de mármol que subía hasta el cielo y por la cual un día se cayó mi madre, el señor del cuadro oscuro que siempre parecía estar mirándome, esos armarios inmensos donde me escondía de mis hermanas, las miles de palomas aladas que se picoteaban afanosamente sus cabezas, los pasadizos ocultos que nunca me atreví a investigar por esas ratas que nunca vi pero que eran las auténticas dueñas de la casa.

Mi vida ha sido un signo de interrogación esperando que ahora, en este momento, encontrara la respuesta ¡Qué curioso! Ahora ya no importa nada. Floto abandonado en el espacio desde hace horas ¿o han sido días? El cordón umbilical que me sujetaba a mi nave se desconectó por ¿un fallo mecánico? Soy un punto vagando en la inmensidad de la nada. La infinita distancia a las estrellas me disuelve, encoge mi cuerpo al tamaño de uno de mis átomos.

Hace horas crucé el umbral del agujero negro ¿o han sido años? No hay escapatoria posible, afortunadamente. El tiempo juega conmigo como un pez curioso, como si estuviera siendo observado, extraño visitante, dentro de una pecera sumergida en el fondo del océano. El tiempo me envuelve. Puedo recordar mi futuro o adivinar tu pasado. El tiempo es una pelota suave y esponjosa que flota entre mis manos. Hundo mis dedos en ella y explota en mil burbujas de jabón que se deshacen como la memoria.

Un agujero negro esta hecho de colores. Todos tenemos un agujero negro dentro de nuestro cerebro, detrás de una puerta inadvertida. Está bien que así sea pues una vez traspasada ya no podemos volver. Quizás sea la muerte la celosa guardiana de esta llave de un solo uso. Quizás la haya burlado colándome por la puerta de atrás de este agujero negro dibujado en el espacio. Estoy muerto en vida y vivo muriendo, desgajándome en gotas de tiempo, arrastrándome a través de las tripas multicolor de este universo de acuarela.

Veo una intensa luz. Quizás sea el final del largo camino o el comienzo de otro nuevo. Una nueva pregunta por respuesta o quizás la liberación definitiva del lenguaje. Una luz implacable que nos exima de la insoportable multiplicidad de los matices. O una luz compartida, compuesta por un enjambre de experiencias hasta formar el arco-iris compacto de la conciencia total. Voy a entrar. Sin embargo, una extraña sensación de *déjàvu* me invade. Siento que he estado aquí antes.

Mi cuerpo se ha transformado. Soy una especie de niño, o quizás la larva de un mosquito en el estómago vacilante de un sapo en una ciénaga olvidada. O quizás no soy nada o lo soy todo. No soy un niño: ¡soy un bebé! Me enrosco en la barriga de mi madre en esta posición fetal que tanto se parece a la de un astronauta. Una extraña presión me hace desplazarme. Estoy siendo arrastrado hacia la luz por la cola del agujero negro de gusano, nuevo cordón umbilical que me sumerge en la playa abierta de una nada porosa, un vacío de piedra pómez donde esconderme de la Huerta Alta.

Chiclana, 11 Octubre 2003

Media Naranja

Pregúntame quien cava en el corazón de la Tierra. Quien compartió el sueño de mis antepasados. Pregúntame de dónde vengo. La sangre de mis ancestros circula hoy por mis venas en una cascada común. Su sabiduría irriga mi cuerpo. Nuestra memoria colectiva se hunde en las raíces de la historia absorbiendo inexorablemente su fecundo ejemplo ¿No sientes tu rostro reflejado en los oscuros rincones de mi alma? ¿No comprendes que tu latido despierta el sueño de las estrellas?

Nuestras almas fueron creadas con el tiempo. Ya jugaban alborotadas cuando el Universo era del tamaño de una castaña. Retozaban con las partículas subnucleares en aquella casa común de densidad infinita de energía. Quizás alguna fluctuación mecanocuántica creada por tu sonrisa haya provocado una perturbación en la densidad que acabó transformándose en galaxia por la tensa expansión del Universo. Por eso puedo leer tu nombre en las estrellas. Quizás el mismo mundo donde vives, el mismo cuerpo donde habitas, sea consecuencia de la estela que dejamos tras nuestro abrazo cósmico ¿No la sientes resonar en la música pulsante de las esferas? ¿No comprendes que la música es tiempo, el tiempo distancia y el ritmo memoria?

Antes de llegar ya estabas allí. Estarás cuando te hayas ido, pues yo estoy aquí para recordar tu futuro y anticipar tu pasado. Yo soy el zafiro que habita en tu corazón, aunque tú no lo sepas…todavía.

Dedicado a Inmaculada en nuestro 19 aniversario.
Chiclana, 19 Octubre 2003.

52

18

Hoy cumplo 18. Siento un extraño cosquilleo en las rodillas. Quizás se estén preparando para correr hacia la edad adulta, o para no dejarse arrastrar por ella. Es un cumpleaños especial. Cierro los ojos y puedo sentir el sabor de la tarta de galletas con chocolate que mi madre me prepara todos los años, siguiendo la tradición familiar. Puedo sentir el sabor a jugo de lima de los atardeceres de estío, que pasean tranquilamente por la arena de mi infancia. Me llega el eco cercano de la algarabía de mis amigos en la piscina, y el momento mágico de soplar las velas, teatro infantil pero irresistible, en el que nos abandonamos a un rito iniciático que es ante todo un guiño de complicidad con el tiempo. Un tiempo que nos hace y nos deshace, que nos construye y nos diluye en la ansiosa vorágine de su inexorable transcurso.

Hasta hoy, mi vida ha sido la suma de mis amigos. Dados de la mano y puestos en fila, podrían cercar el cálido mundo de mi infancia. Sin embargo, hoy siento que la fila se ha soltado de la mano, dejando una ventana abierta que puede traer la brisa fresca del verano, o dejar entrar al aguacero.

¿Por qué será hoy un día tan especial? Mi padre siempre dice que cada día es el primero del resto de nuestras vidas. Que no tenemos los años que cumplimos, esos ya desaparecieron, sino tan solo los que nos quedan por delante. Somos tan jóvenes como podemos serlo. La diferencia entre ser joven o viejo está en comprender, o no, esta frase. Sin embargo hoy es un día señalado. Hoy voy a zambullirme en el mundo. Ya puedo sacarme el carnet de conducir, para gozar de la prometida libertad sin límites. Ya puedo votar aunque no piense hacerlo. El estado quiere mi opinión, aunque él elija las preguntas.

Todas las civilizaciones han celebrado el paso a la vida adulta mediante un rito iniciático. A los jóvenes de tribus africanas les mandaban cazar un león para demostrar su virilidad. Con la piel de león en sus manos, se sentían parte de un grupo al que proteger y con el que identificarse, reivindicando así un lugar en el mundo. Yo también he pasado la prueba. Estuve durante cuarenta días y cuarenta noches solo en la jungla capitalina para sacar mis papeles de las fauces de los burócratas. Como premio, he conseguido ser un número, estampado en mi frente con un sello de fuego, con el que enfrentar la insoportable levedad del vacío administrativo, la onírica ingravidez de las fotocopiadoras.

Siento un extraño vértigo cuando contemplo este mundo adultero de los adultos. Están empeñados en que dejemos de ser niños. Toda la educación es una inmensa conspiración para asfixiar nuestra infancia. Nos taponan nuestros juegos con números y nombres de ríos; nos aplastan la creatividad bajo un manto de reglas y disciplina, nos enseñan a pensar como ellos. Pero ya no: ¡hoy cumplo dieciocho años! Celebramos el triunfo de Sancho Panza. Condenamos a Don Quijote a vagar eternamente por el círculo de su infancia. Desterramos a Alicia a no volver del otro lado del espejo. Negamos a Cenicienta su esperanza insensata de conocer a su príncipe azul. ¡Entregamos nuestro Peter Pan a los piratas!

Hoy comienzo mi edad adulta. El estado es un monstruo que me mira a la cara. Solo me pide una renuncia y, yo-número, pasaré a engrosar un obeso banco de datos. Mi recompensa: la aprobación de la sociedad. La alegría estúpida de la tuerca oxidada en el infinito mecanismo de una panza grasienta. Debo elegir entre el silencio de los corderos y el chirrido azul de la peor de las provocaciones: ser rebelde sin causa en la tripa indolente de una máquina perfectamente ensamblada.

Ya llegó el momento. Estoy preparado. He metido todos mis sueños en una caja. He adoptado decisiones prácticas que me permitirán ser un miembro respetable de la comunidad. Cada vez que las repito, todos asienten con la cabeza. La tarta ya está aquí. ¡Han ido a comprarla a un hipermercado! Voy a soplar las velas: una, dos, tres... La hoja cercenó de un tajo la cabeza del condenado.

Dedicado a mi hijo Jesús en su 18 cumpleaños
Chiclana, 07 Noviembre 2003

56

Divorcio

Toda pareja acaba por separarse, lo sé, pero en nuestro caso nunca lo hubiera creído. Llevo unida a él desde que me alcanza la memoria. De jóvenes éramos juguetones e inquietos. Saltábamos sin cesar dejándonos llevar por nuestro espíritu. Nos encantaba el fútbol y, de hecho, la gente se paraba para ver cómo nos pasábamos la pelota con magistral precisión. Gozábamos al constatar que, no importa como fueran los embates de la vida, nuestros caminos continuaban paralelos ¡Señor!, como nos gustaba caminar juntos por parques y jardines, sintiendo que dejábamos huella en la vida, o como dice la canción *"haciendo camino al andar"*.

Todo pasa y todo queda. La rutina es un río que acaba por arrastrarnos. Empecé a sentir que no podía estar sin él, que no me atrevía a dar un paso sin su consentimiento. Quizás se cansó de que le siguiera a todas partes. El caso es que acabó por confundir amor con esclavitud, deseo con dependencia. Nuestra relación se fue desgastando poco a poco, como un zapato viejo y una mañana fría me miró de reojo, se fue volviendo lentamente hasta darme la espalda y empezó a deslizarse lentamente para separarse de mí. Él, el otro pie, mi compañero, fue alejándose hasta romper en dos pedazos al hombre que hasta entonces sosteníamos. Él contempló sorprendido como sus pies se separaban lenta pero irremisiblemente hasta que ya fue tarde. No sé si nuestro dueño sufrió al contemplar la consecución de un cisma tristemente previsible o si por el contrario suspiró aliviado al liberar sus hemisferios de una amistad obligada, de un matrimonio de conveniencia, de la vulgar precariedad de una simetría innecesaria. Solo sé que yo sí le eché de menos.

Desde aquel día mis paseos por el parque no han vuelto a ser lo mismo. No creo que realmente diera pie a que se fuera, ni entiendo porque lo hizo. Quizás algún día, descubra sin esperarlo el significado del cariño verdadero, que la pareja es atadura, pero también apoyo. Es ligar nuestros destinos y emprender juntos la andadura, llegar más lejos que por separado. Quizás aprenda que sincronizar nuestros pasos no es trastabillarse, sino bailar con la música de este breve tiempo que nos ha tocado compartir. Quizás algún día vuelva cuando comprenda que no son las piernas las que nos atan sino las que nos impulsan al futuro con zancadas grandes y valientes si sabemos mantener un paso firme y decidido. Andar, brincar, correr o bailar solo adquiere sentido cuando la pareja aprende a sumar sus hemisferios en el hermoso vals del destino.

Chiclana, 05 Diciembre 2004

Dinosaurios

El dinosaurio la miró con ojos inseguros. Ella tembló de miedo. Podía aplastarla con su pata, sin embargo, no pudo hacerlo. Había algo poderoso en su vulnerabilidad, en sus ojos de pajarillo indefenso. No sabía por qué, pero no podía dejar de mirar sus labios entreabiertos, su piel de espuma, el bosque de su pelo, su cuerpo abierto temblando de emoción. De repente, ella alzó los ojos y sus pupilas se dilataron. Vio algo diferente, algo que la dejó desconcertada, sin reacción.

Él había visto esa expresión antes. Como un espejo roto, como una tarde sin mañana, como un perro sin luna, como un mar sin orilla, como un río sin mar. Quizás, la expresión de alguien que comprende que nunca volverá a ser el mismo, que nunca podrá alcanzar su luna por más escaleras que utilice. Tenía que poseerla y simplemente no era posible. Pensó en devorarla y acabar así con su sufrimiento, pero en ese momento escuchó un susurro. Era su princesa prohibida que le decía:

—Esperé este momento toda la vida, pero no así, no contigo, no aquí y ahora, no sé… Te miro y no te conozco. Te observo y me siento una extraña. No sé… Tampoco me reconozco a mí misma ¡Habla! ¡Dime algo! No me mires así…

Esto era más de lo que podía soportar. Se sintió ultrajado, abandonado, herido, despreciado...

—¡NO! —gritó—. No he resistido el embate del tiempo, la extinción de los dinosaurios, el rechazo de los míos, el exilio del paraíso, la incomprensión del acero, la soledad de los atardeceres vacíos, todo para perder ahora tu amor. Eres mi guía y mi consuelo: tú me has hecho así. Soy un monstruo, pero un monstruo enamorado. Si tú me dejas ¡me condenas al espejo! Hemos existido el uno para el otro, aunque no lo sepas, aunque no lo quieras reconocer. Antes de nacer ya eras mía. Antes de existir, ya eras mía. Antes de que tu raza insulsa abriera los ojos por primera vez en este paraíso eterno, que vuestra propia estupidez llama "su jardín", ya estabas destinada a mí. Destinada a cerrar el círculo cósmico como solo tú puedes hacerlo. Tienes que ser mía ¡Debes de ser mía!

Diciendo esto el dinosaurio abrió sus fauces y la devoró. Extrañamente, ella sintió un profundo alivio. Manzana tardía, Eva se entregó a la circularidad precisa de su destino y su monstruo Adán volvió llorando al paraíso.

Chiclana, 2 de Julio del 2005

Teología Cuántica

Carlos abrió los ojos como platos cuando comprendió que Dios podía ser el resultado de una ecuación diferencial. Había dedicado 5 años al estudio de una tesis doctoral inaudita: combinar los últimos avances en cosmología cuántica con los conocimientos teológicos acumulados durante siglos. Había conseguido convencer de este tema de tesis a un famoso catedrático de la **Universidad de Sevilla**. Ya a punto de jubilarse, el profesor era lo suficientemente sabio como para comprender que a veces hay que dejar que la imaginación guie a la ciencia por territorios inexplorados y lo suficientemente viejo como para que ya no le importase el precio a pagar por ello. Carlos había empezado a trabajar con ahínco para cuantizar la teología clásica a fin de encontrar una explicación cuántica a los atributos de Dios. Pronto descubrió que, en esencia, las grandes religiones se habían quedado a las puertas de una gran verdad holística: "todo está interconectado entre sí", como en un denso mallado que sustentaba la fábrica oculta de la realidad. La física cuántica había dado confirmación experimental a esta intuición búdica del **"entrelazamiento cuántico"** y ahora la jerga científica fluía por doquier permeando nuestra cultura y conduciendo nuestra intuición por un mundo nuevo.

Carlos estaba convencido. Había llegado la hora de someter a la misma idea de Dios a escrutinio científico. El ojo de la ciencia iluminando el cielo de la propia creación ¿Iba la ciencia a sustituir a Dios o a confirmarlo? Para Carlos esta cuestión era simplemente la principal pregunta a la que debe enfrentarse una humanidad condenada con Él a 100 milenios de soledad. Era para Carlos la pregunta que daba sentido a su vida, tanto que le había consumido hasta el último minuto de estos cinco años de búsqueda constante. Los comienzos fueron duros hasta que conoció a Mar. No solo su nombre era oceánico sino su mentalidad analítica y capacidad de organización. Había sido una niña prodigio hasta que se doctoró con honores como ingeniera informática en el **Caltech de Pasadena**. Pero luego, una crisis existencial le había llevado a retirarse a la costa de Cádiz. Allí conoció a Carlos ¿Una mera coincidencia? ¿Los planes del destino? Lo cierto es que allí estaban en aquella mañana de invierno, las dos únicas almas en la playa de Chiclana recorriéndola en sentido inverso con la única compañía del rumor de las olas y las protestas de las gaviotas. Durante quince eternos minutos contemplaron como sus figuras se iban acercando, consumiendo la distancia, enfrentándose hacia un encuentro inexorable. Al llegar se miraron a los ojos. El silencio lo dijo todo. Ambos sentían que de algún modo el encuentro no era casual, que estaban hechos el uno para el otro, que estaban llamados a complementarse, a encajar. En aquel momento eran el centro de un universo que no podían comprender. No podían apartar sus ojos del otro. Él tomo su mano y dijo:

—Mi nombre es Carlos, ¿y el tuyo?

—El Mar me ha traído hasta a ti y por eso me ha dado su nombre.

No supieron si pasaron horas, días o semanas. Simplemente estaban juntos. No podían imaginar cómo podían haber vivido sin conocerse hasta ese momento. La simple idea les parecía insoportable. Pronto compartieron inquietudes existenciales. No tardaron en comprender que ambos eran caras distintas de la misma moneda.

—IA, es decir, **Inteligencia Artificial** —comentó Mar—. Es la respuesta a tu problema. Por un lado es capaz de superar a la humana. Por otro lado, imagina la posibilidad de poner a trabajar en paralelo a las mayores computadoras de la tierra. Imagina la capacidad de cálculo acumulada.

–Imagina –replicó Carlos– que pudiéramos correr un programa de inteligencia artificial que integrara todos los datos disponibles de nuestro conocimiento físico del universo con todas las preguntas existenciales del ser humano planteadas por la teología.

–¿Me estás hablando de que un programa que contestase a la pregunta: existe Dios? Un largo silencio siguió a la pregunta de Mar. Después, ella agachó la cabeza y prosiguió.

–Creo que es posible en principio, o que al menos vale la pena intentarlo.

Un nuevo brillo nació en los ojos de Mar.

–Pero para ello necesitaríamos algo más que Inteligencia Artificial. Necesitaríamos un **ordenador cuántico**. Simplemente, puede hacer cosas que están prohibidas para los ordenadores clásicos.

–¡Pero todavía no existe ningún ordenador cuántico! –protestó Carlos.

–Oficialmente –Mar miró a Carlos a los ojos, con un guiño de complicidad–. ¡Hay uno en Pasadena!

Carlos se hundió en sus pensamientos. El Mar no solo le había traído aquella maravillosa mujer sino la respuesta a sus deseos. Una mujer que estaba dispuesta a correr grandes riesgos por él, que abrazaba tanto a su ser como a sus proyectos, que no solo le entendía sino que estaba dispuesta a recorrer de la mano las luces y las sombras de esta gran aventura llamada vida. Se sintió enormemente afortunado y sonrió.

Fueron seis meses de auténtica vorágine pegados a sus portátiles. Su apartamento de la playa estaba cubierto de papeles, artículos de física teórica y manuales de programación. Lo que empezó siendo una simple idea se transformó en obsesión a medida que el proyecto iba cobrando forma. No existían horarios, tan solo una sensación de plenitud y entrega mutua que los llenaba de energía y de sentido.

El programa estuvo listo mucho antes de lo esperado. El tándem Carlos-Mar se había revelado como una auténtica arma de programación masiva. Los amigos hackers de Mar también contribuyeron fuertemente a ello, permitiendo que millones de ordenadores clásicos trabajaran "sin saberlo" en paralelo para el proyecto. El programa empezó a correr el día 11 de septiembre. El 18 de diciembre, precisamente el día del cumpleaños de Carlos, el ordenador cuántico de Pasadena daría la respuesta final.

Fueron meses preciosos desvinculados del mundo, centrados en su trabajo pero también repleto de amaneceres y puestas de sol en Novo Sancti Petri. Paseos que le permitían oler las tímidas flores del campo, apreciar los colores matizados del otoño. Tiempo que se volvía oro en sus manos. Tanto que cada vez le importaba menos la posible respuesta del gran oráculo, construido de ciencia y de chips, que ellos mismos habían engendrado.

18 de Diciembre, día "D". Habían pensado conectar con Pasadena en la cama, desnudos, para recibir juntos y entrelazados la gran respuesta. Ambos se cogieron de la mano y oprimieron el botón:
>ENTER…

Tras unos segundos el super-ordenador cuántico de Pasadena, el mayor logro científico y computacional de la humanidad, comunicó la respuesta más esperada. Miles de filósofos, teólogos y gente corriente hubieran soñado por estar en ese momento en la misma cama con Carlos y Mar:
>El resultado es … : conjunto vacío. ¡Dios está en ti!

Pero Carlos y Mar apenas miraban la pantalla. Ya sabían la respuesta. Dios les había llegado no en ese momento, sino nueve meses atrás cuando se conocieron en la playa. Cuando divisaron que no estaban solos, que todo está interconectado. Habían sentido a Dios cuando disfrutaban de su obra, cuando habían aprendido a apreciarla. Lo importante del proyecto no era su resultado, sino que gracias a él habían aprendido a conocerse y a reconocerse en el Dios de las cosas cotidianas. Retozando y dando vueltas en la cama el portátil cayó al suelo. Apenas oyeron el sonido de un eco lejano. >Error, error, overflow….

Dedicado a Carlos Álvarez Ossorio
Chiclana, 22/12/2010

Trilogía de la Muerte

Chiclana, 31 Diciembre 2004

68

Agonía

69

!

Contención

71

.

Silencio

73

La ciudad animada

Mientras (Ámsterdam)

Los ojos de los barcos navegan en la noche

y tú todavía no estas a mi lado.

Quizás nos hayamos cruzado

como dos náufragos perdidos

en un océano de silencio.

(en este mar callado de esperanzas rotas

se esconden nuestros sueños)

Mientras, los pájaros de Ámsterdam

hablan en mil lenguas olvidadas

y al arrullo de las viejas

juegan a contar sus secretos

mientras brindan con cerveza.

Fundiré todas lás palabras en una

y con este vocabulario suficiente

buscaré tu nombre en las estrellas.

Juntaré todos los países

en un solo grano de arena

y apretándolo contra mis manos

tiraré los mapas a los canales.

Quedarán tan solo los cantos de los marineros

y un rincón para esperarte,

mientras los ojos de los barcos

te buscan en la noche.

Ámsterdam, 20-08-2005

Paisaje urbano (Boceto)

I: Las bocas de los puentes, abiertas en bostezos, dejaban escapar el sonido de los barcos que entraban y salían en la saliva del canal.

J: Las bocas de los puentes se abrían atiborradas dejando escapar una lengua de barcos nerviosos que saltaban como caramelos en la saliva del canal.

I: Sobre sus brazos y piernas se arqueaba su espinazo cruzado por bicicletas y caminantes, y el frío húmedo del agua respiraba en el ambiente nublado de la ciudad.

J: Hundiendo sus brazos en el lodo como un dragón milenario, con miles de hormigas cruzando sobre su espalda, mostrando con su aliento húmedo quien manda sobre el tiempo.

I: Grandes ojos de cristal estampados en las fachadas contemplaban fríamente la escena mientras dentro de ellos miles y miles de cuerpos sudaban en la noche.

Se fue despertando la mañana y poco a poco notó el masaje de piernas y ruedas sobre él, el cosquilleo de las olas y el ruido de las sirenas bajo su vientre, mientras el desperezo del ruido le devolvía a la actividad.

J: El ruido de las botellas despertó el vientre del dragón. Abriendo sus fauces devoró a la ciudad de un bocado y se sumergió en el fondo del océano. Burbujas de jabón salían de su boca proveniente de las bocas de cada uno de sus ciudadanos, como una nueva lengua con la que habitar sus canales olvidados.

Inma y Jesús.
Ámsterdam, 20-08-2005

Orleans

Domingo somnoliento en **Orleans.** Sus torpes brazos se desperezan sobre la **plaza de Martroi.** Pequeñas personas comienzan a aparecer de entre sus grietas sin saber muy bien a donde van. Recorren como hormigas una telaraña improvisada. El sol aparece escondido bajo una lona de un tiovivo de feria que empieza a recorrer lentamente su eterno movimiento, camino sin retorno sobre la rueca de la historia. Parece que la plaza entera se despierta. Los padres comienzan a montar a los niños en los planetas y una cascada de agua puebla de sonido sus ecos confinados. Los grandes edificios neoclásicos que rodean a la plaza parecen ahora más relajados y descansan sus espaldas contra el vértice cónico de este iceberg de la historia. Mientras, **Juana de Arco** ofrece su espada a los gatos que dormitan acurrucados contra la lenta almohada del destino que nos sostiene sobre los brazos de un **Morfeo** demasiado cansado para despertar.

Orleans, 21-08-2005

Prosa y poesía

Mañana gris en Lausanne. El agua sucia de la gran ciudad discurre lentamente hacia el lago Leman que besa taciturno el óxido negro de la vieja urbe. Entre el cielo y el suelo, el agua y el aceite, el lago de los sueños y su orilla tiznada de realidades, una pareja de emigrantes se despereza.

Dulce: ¿Qué hora es?

Alonso: (entreabriendo lentamente los ojos).

Hora es de besarte, hora de sumar cada uno de sus segundos en una cascada común y dar gracias por ser tú lo primero que ven mis ojos en este nuevo día. Es hora de ofrecer cada centímetro de tu piel a este nuevo sol del norte que nos acoge. Hora de mirarte a tus ojos inundados de agua, de sentarme a tu vera a recorrer de nuevo cada uno de los segundos que he pasado a tu lado.

Dulce se da la vuelta enroscada en la sábana. Deja escapar resignada un murmullo de hojalata.

Alonso: Hora es de amarnos, de besar cada pétalo de tu piel, la flor de tus manos, la música de tu pelo negro. Hora de nadar en el riachuelo de tu cuerpo, hundir mis pies en tu agua fría y mirar hacia arriba, para descubrir las gotas de universo derramándose lentamente por tu espalda.

Dulce se despereza ocupada en sus legañas. Saca su cabeza de la almohada. Extiende sus manos torpemente por la mesita de noche hasta que logra atrapar a un asustado reloj de pulsera.

—Las siete. ¡El maldito trabajo!

Alonso cierra lentamente los ojos. Su mente de niño se imagina caminando sobre el lago de la mano de Ginebra. Su mente vuelve a buscar molinos de viento por una Suiza marchita de realidades, mientras Dulcinea se viste lentamente para ir al trabajo.

Dedicado a los emigrantes españoles en Helvetia.
Lausanne, 13-08-2005

Raíces

¿Fue por el cambio climático, por huir de un cielo absurdamente contaminado, o por un mero error de orientación?

Nunca descubrieron los motivos verdaderos pero lo cierto es que, desde esa mañana terrible de Agosto, los árboles empezaron a crecer hacia abajo. Dejando sus raíces al aire los troncos avanzaban, lenta pero inexorablemente, hacia el centro del planeta. Poco a poco las raíces comenzaron a entrelazar una tupida red sobre la superficie de la Tierra. Desplegaron una telaraña de dedos que acabó por estrangular a los humanos, todavía demasiado atónitos como para reaccionar a este mosaico de brazos vengativos y demasiado ocupados con sus ombligos como para intentar entender el mensaje oculto de los árboles-verdugo. En el mismo momento que el último humano expiró tras el abrazo mortal de esta cólera de madera las primeras copas de los árboles tocaron el centro de la tierra; una vez apagado el último aliento contaminante de nuestras chimeneas, los árboles comenzaron a oxigenar la caverna oculta donde tendrá lugar el próximo "Jardín del Edén".

Ámsterdam, 20-08-2005

Bio-Moda

Año 2.050. La realidad ha superado ampliamente a la expectativa más atrevida. El ahora llamado "siglo de los bio-implantes" ha revolucionado totalmente el mercado de la salud. Ya hacía una década que los médicos habían sido sustituidos por mecánicos. La gente ya no iba a los hospitales, sino que bastaba con pasar la **ITV**. Las multitudes acabaron cediendo a una epidemia contagiosa cuyo primer síntoma era la fiebre de comprarse cada año una nueva versión de sí mismos, para estar siempre a la moda con los últimos bio-implantes en esta fusión de consumismo más juventud eterna que el nuevo dios tecnológico brindaba a los (¿todavía?) humanos. La última revolución vino del mundo de la moda, cuando los gurús del ramo decidieron hacer de los bio-implantes la materia prima para las prendas de vestir. Lo primero fueron los zapatos llenos de narices capaces de olisquear febrilmente los elementos del entorno y encontrar fielmente el camino como botas de 7 leguas. Eran ideales para guiar tus pasos con un olfato atento, aunque algo rastrero. Le siguieron los pantalones de orejas, tan pronto escuchaban música se ponían a bailar solos, acercando al máximo música y danza, en una inmediatez auditiva que se concretaba en aquel tapiz orejudo repleto de pabellones auditivos. El culmen de este movimiento bio-tecnológico fue la chaqueta de ojos. Una casaca perlada de zigzagueantes globos oculares, unos curiosos y otros inquisitivos, que indagaban hasta el más mínimo detalle de un entorno sobreexpuesto y sorprendido ante aquel batallón de espectadores inesperados.

Pasarela Cibeles en Madrid. Último desfile del Gran festival TeknoXara de prendas de bio-implantes. Ante una sala atiborrada de público, el director se quedó totalmente espantado cuando se dio cuenta de que no había ni un solo ser humano entre ellos. Camisas, chaquetas y pantalones habían tomado la iniciativa. Ni cortos ni perezosos, habían decidido ir por ellos mismos, sin humanos dentro, a dar la bienvenida a sus recién llegados hermanos al nuevo mundo de los continentes sin contenido.

Chiclana, 30 de Noviembre 2014

Bloque III. Conclusión

Doble personalidad

"La verdad es la suma de todas las mentiras[1]"*

Si has entendido la dedicatoria, felicidades: ¡eres inteligente! La verdad es que llegar hasta este punto supone toda una liberación. Tú y yo, frente a frente, sin ambages. Hemos roto el hielo: podemos hablarnos cara a cara.

La mayor parte de la gente cree que su inteligencia es superior a la media, imposible matemático y oxímoron revelador que demuestra lo inadecuado del término "inteligencia colectiva". Pero tú sabes que la inteligencia es una enfermedad, un lastre que nos marca a hierro el estigma de inadaptados sociales. Tú también te has sentido confinado, reprimido, desplazado, aturdido, presa de un mundo estandarizado, pieza de una cadena perpetua de montaje y ni siquiera te has sentido libre para gritarlo. Esta condenada lucidez que advierte cada pequeña imperfección de un mundo manifiestamente mejorable.

Pero es hora de decir ¡basta! De destripar nuestros cerebros en nuez para lograr la suprema catarsis. Cubramos el mundo con nuestras neuronas. Tapicémoslo con nuestras sinapsis. Dejemos que se entrelacen hasta formar el bosque frondoso de la nueva conciencia. Tejamos un nuevo retículo desde donde entender la realidad, o

---

[1] (*) *Esta es por tanto una de ellas.*

mejor aún, crearla a la imagen y semejanza de nuestro nuevo ideario colectivo. Que nuestras dendritas sean los dedos de un puño cerrado que alce al mundo, lo agite y lo posea. Perdamos la cabeza ¡Ganemos el juicio!

YO.

***

Nota a pie de página (Confesión): Este relato no lo he escrito YO. Todos sabemos que existe un momento, entre la vigilia y el sueño, donde (siempre) somos alguien más. Dando vueltas en la cama le he cedido el paso a ese incómodo "alter ego" que se cree más que la suma de sus neuronas. Él me ha hecho escribirlo con veladas amenazas. He tenido que viajar varias veces de la cama al escritorio, chantajeado con no dejarme dormir hasta que lo concluyera. Pero insisto, no soy yo. Es tan solo el fruto del frágil sueño de una noche de verano.

De hecho, no he podido convencerle de lo equivocado que estaba. La gente no es feliz por lo que piensa, ¡sino por lo que siente! En el fondo, me da lástima de este analfabeto emocional que cree que la vida es "razonable". La vida es simplemente "corazonable", es decir, solo adquiere sentido desde el corazón. Este "genio" atrapado en la lámpara de **Aladino** de su hemisferio izquierdo del cerebro, que mira sigiloso por el ojo de la cerradura al incómodo vecino del hemisferio derecho y critica sus fiestas con una envidia mal disimulada que tacha de excesos inapropiados lo que simplemente es genuino interés por la vida. Ese YO con mayúsculas demasiado pagado de sí mismo olvida lo esencial. Sus neuronas no le dejan ver el bosque y entender que, como recuerda **"el Principito"**, lo esencial es invisible a los ojos. Que sin amor es tan solo una inteligencia condenada a navegar sin rumbo ni concierto en el mar de las aristas que se contienen a sí mismas.

Y tu lector ¿qué eliges? ¿Discurso o Acción? ¿Magia o Realismo? ¿Cuántica o Cuénticos? ¿Norte o Sur? ¿Ciencia o Conciencia? ¿Ambas o ninguna? ¿Estar fuera o dentro del papel de esta hoja que separa al lector del personaje como una membrana porosa? En definitiva, ¿Razón o Corazón? O quizás descubramos, después de este largo viaje alrededor de nosotros mismos, que la suma de todas las verdades estaba ahí fuera; una verdad callada a gritos por la elocuencia del silencio activo. El que enseña que solo si aprendemos a callar podremos escuchar el hermoso latido de nuestra madre Tierra.

Chiclana. Mundo. 2011.

ÍNDICE

BLOQUE II. HEMISFERIO EUROPEO — 39

98